KB171105

항상 조금 추운 극장

김승일

항상 조금 추운 극장

김승일

PIN

043

차례

PIN

043

항상 조금 추운 극장

김승일

시

항상 조금 추운 극장

고양이와 함께 산 다음부터 고양이 얘기 아니면 할 얘기가 없게 됐어요 앞으로 남은 평생 고양이 얘기만 해도 되냐고 신에게 물었어요 그러지 말라네요 내가 고양이도 아닌데 당신은 어떻게 나를 좋아했나요 아직도 좋아하나요 극장에서 좀비 영화를 봤는데 좀비로 분장한 당신을 발견했어요 확실히 당신이었어요 표를 새로 끊고 극장에 앉아서 당신이 또 지나갈 때까지 기다렸어요 잠깐만 나오더군요 당신이 나를 좋아했을 때 당신은 만나는 사람이 있었죠 곧 헤어지겠다고 하고서는 헤어지는 것을 힘들어했죠 당신이 빨리 헤어지길 바랐어요 세월이 아주 많이 흘러서도 당신이 미웠어요 당신이 인간이라 그랬나봐요 당신이 고양이라면 만나는 사람이 있든 말든 무슨 상관이었을까 오늘 극장에서 당신을 봤을 때는 밉지 않았어요 내일 또 당신을 보러 극장에 갈 심산이에요 신이시여 잘했지요 고양이 애기로 시작하긴 했지만 고양이 애기가 아닌 애기를 했잖아요 옛날에 알았던 사람들이 전부 영화에 나왔으면 좋겠어요 좀비로요 극장은 항상 조금 추워요 세상의 계절은 항상 환절기고요 신에게 묻고 싶어요 좀비는 환절기에 민감한가요? 그렇다면 그렇지 않게, 그렇지 않다면 계속 그렇지 않게 도와주세요 그들은 아파도 얼마나 아픈지 말하지 못해요 눈물도 없고 가질 수 없고

점심으로의 잠

점심에 만나기로 한 사람이 있었는데, 잠을 자다가 약속을 지키지 못했어요 제 목숨을 구해준 사람이었죠 점심에 만나서 고맙다고 할 예정이었습니다 다시는 그 사람과 만나지 못했습니다 이것이 저의 괴로움입니다 점심으로의 잠은 그렇게 시작되었습니다 점심으로의 잠으로 사람들이 찾아옵니다 지금 찾아온 방문자는 중학교 교사인데 화재로 사랑하는 사람들을 잃고 본인만 살아남았습니다 지금 학교에 있는데 점심시간이고 한 아이가 울고 있다고 합니다 물어보아도 왜 우는지 말을 안 하는데 자신의 슬픔이 그 아이의 슬픔에 비하면 아무것도 아니라는 생각이 든다고 합니다 그 아이의 슬픔이 정말로 저의 슬픔보다 더한 슬픔인가요? 누구신지는 모르겠지만 진실을 말해주세요 그 사람의 슬픔이 정말로 저의 슬픔보다 더 큰 슬픔인가요? 그 사람의 고통이 저의 고통보다 더 큰 고통인가요? 진실만 말해주세요 여긴 그냥 점심으로의 잠일 뿐인데 나는 그냥 여기에 있을 뿐인데 괴로운 사람들이 찾아오고 진실만 말해달라고 합니다 자신의 슬픔이 아무것도 아니어도 괜찮다고 합니다 점심에 만나기로 한 사람이 있었는데, 잠을 자다가 약속을 지키지 못했어요 제 목숨을 구해준 사람이었죠 점심에 만나서 고맙다고 할 예정이었습니다 다시는 그 사람과 만나지 못했습니다 이것이 저의 괴로움입니다 당신의 괴로움에 비하면 제 괴로움은 아무것도 아닙니다 저는 여기까지만 말합니다 점심에 울고 있는 그 아이의 괴로움에 비하면 제 괴로움은 아무것도 아닙니다 여기까지는 말하지 않습니다 누구신지는 모르겠지만 제가 원하는 답은 아니군요 여기가 어딘지 모르겠지만 대단한 곳은 아닌 것 같군요 맞습니다 안녕히 가세요 미안합니다 방문객이 점심으로의 잠을 떠나고 나면 저는 점심시간의 학생처럼 울곤 합니다 미안해요 저는 제대로 답해주지 못해요 아무리 울어도 속죄가 되지 않습니다

자살하려는 마음

유치원에서 나는 늘 구석에 앉아 책을 읽고 있었다. 그러고 있으면 남자애들이 내 팔을 끌고 놀자고했다. 그 모습을 본 여자애들이 내 다른 팔을 잡고끌었다. 우리랑 놀 거야. 팔이 아플 정도로 양쪽에서 나를 끌어당겼다. 우리 거야. 우리 거야. 곧 유치원의 모든 아이들이 몰려들어서 줄다리기를 시작하였다. 나는 아무 말도 하지 않고 웃고만 있었다. 평생 이렇게 서로가 날 가지겠다며 끌어당기기만 했으면 좋겠다. 이 중간에서 이렇게 팔이 아팠으면 좋겠다. 나는 탐험가이자 시인이 되었으며, 내가 사교 모임에 나타나면 모두가 내 주위로 모였다. 내가오지에서 무엇을 보았는지 설명하면, 많은 이들이귀를 기울였다. 혹은 내가 겪은 일들에 어떤 의미를 부여하고자, 나와 대화하기를 간곡히도 원하였다. 나는 언제나 일찍 집으로 돌아갔다. 내 여행기와 시집에 등장하는 화자들의 공통적인 특징은, 무국적, 무성별, 무인간이라는 데 있었다. 나는 셰익스피어의「한여름 밤의 꿈」이라는 작품을 좋아하였는데, 거기서 특히 한여름 밤이라는 무대를 좋아하였다. 한여름 밤은 아무도 미워하지 않는다. 여름은 본래 아무도 미워하지 않는다. 누군가를 괴롭히기 위해 뜨겁고, 축축한 것이 아니며. 누군가를 기분 좋게 하기 위해 가끔 바람이 불고, 종종 달콤한 것이 아니다. 안개도, 구름도 누군가를 미워하지 않는다. 자기 자신조차도. 어떻게 그럴 수 있지? 한여름 밤의 꿈속에서, 사람들은 눈을 떴을 때 처음 본 사람에게 깊은 사랑에 빠진다. 그러나 한여름 밤은 눈을 뜨지도 감지도 않는다. 한여름 밤은 사랑을 하지 않는다. 어떻게 그럴 수 있지? 나는 오랫동안 공간이 내 시의 화자가 되기를 바라였으나, 항상 실패하고 말았다. 어떤 부족의 남자들은 남자도 아니고 여자도 아닌 모습으로 자신을 꾸미고, 구애의 춤을 추었다. 그들은 한여름 밤이 되고자 하는 것 같았다. 어떤 학술회에서 만난 저명한 시인은 사물에는 원래 의미가 없으며, 모든 존재는 잉여라는 사실을 받아들이지 않으면 그럴듯한 시를 쓸 수 없다고 말했다. 그는 한여름 밤이 되고자 하는 것 같았다. 그날도 나는 일찍 집으로 돌아갔다. 돌아가는 전차 안에서 나는 미소 짓는 것을 멈출 수 없었다. 나는 사랑받는 것이 정말 좋다.

싫어하지 않는 마음

  세계는 양팔저울입니다. 맞습니다. 비유입니다. 제가 비유를 싫어한다고 예전에 말씀을 드렸나요. 다시 말씀드리죠. 말도 싫지 않고, 인간도 싫지 않지만, 인간이 하는 말이 죄다 비유라는 점은 싫습니다. 양팔저울은 질량을 재는 저울입니다. 기쁨이나 슬픔의 질량을 비교하는 비유입니다. 당신의 기쁨도 비유이고, 슬픔도 비유이고. 나는 세계에 누워 그것들을 비교합니다. 세계는⋯⋯ 양팔⋯⋯ 저울입니다. 태양이⋯⋯ 지구보다 무겁다고 합니다. 고양이가 체중계에 올라갔습니다. 고양이는 이 세계가 양팔저울이고, 자신이 올라간 체중계가 양팔저울 위의 체중계라는 사실을 모릅니다. 체중계는 무게를 재는 저울입니다. 태양에 놓인 체중계와 달에 놓인 체중계는 다르게 작동합니다. 하지만 양팔저울은. 세계의 어느 곳에서도. 똑같이 작동합니다.

무엇이 무엇이 똑같을까. 악마와 악마를 서로 다른 접시에. 천사와 개를 서로 다른 접시에. 올려놓았습니다. 이제 무엇이 더 무거운지 보러 가야 합니다. 접시 바깥으로 가기만 하면 됩니다. 접시, 바깥, 맞습니다. 비유입니다. 제가 예전에 말씀을 드렸나요. 다시 말씀드리죠. 태양에선 저울의 접시를 아무도 저울의 접시라고 부르지 않습니다. 태양은 너무 뜨거워서 인간이 살 수 없습니다. 태양에 가지 맙시다. 정말로 인간은 싫지 않아요.

현실의 무게

어제는 아내가 교주가 되면 어떻겠냐고 물었습니다. 그러면 부자가 돼서 함께 사는 고양이에게 뭐를 더 사주고, 자기도 회사를 때려치울 수 있을 거라고. 제 아내는 제게 뭘 해보라고 권유하는 일이 잘 없는 사람입니다. 농담으로도 뭘 해보라고 얘기를 잘 하지 않습니다. 그걸 하면 부자가 될 것 같다고. 자기가 하고 싶은 일에 대해서 떠들고. 간밤에 말한 것을 잊고, 아침에 출근하고 돌아와서 회사를 욕하고. 쉬어도 쉬어지지 않고. 뭘 먹으면 얹히고. 그러다 어제는 교주가 되면 어떻겠냐고 물었습니다. 저는 되기 싫다고 대답했습니다. 보통은 뭘 해보라고 하면 생각해보겠다고 하는데. 사기꾼은 되기 싫어서 바로 싫다고 했습니다. 함께 사는 고양이가 건강하게 장수하면 좋겠습니다. 회사 때문에 돌아버린 아내의 정신이 더 심각해져서, 고양이도 알아보지 못하고, 제가 가진 사랑스러움과 귀여움도 더는 포괄임금제 노동을 버티는 데 도움이 되지 못하고, 헛것을 보게 되거나, 큰 병이 생겨 단명하지 않았으면 좋겠습니다. 그리고 우리가 지금보다는 더 가난하지 않았으면 좋겠습니다. 아내가 죽어가고 있는데 옆에 앉아서, 또르르 눈물을 떨구면서, 미안해, 내가, 교주를…… 할걸……. 제가 진심으로 후회하는 모습을 떠올리고 있습니다. 잘 떠오르지 않는군요. 정말 미안해…… 사기꾼이 될 수 없었어. 그게 딱 나를 위한 일이란 건 알고 있었지만. 그런 말을 하지도 않을 거고. 한다고 해도 속으로 잠깐 할 것 같습니다. 교주는 되지 않을 것이고. 그리하여 나는 후회인지 농담인지 모를 미래의 어떤 순간을 상상하고 있습니다.

기계가 없으면 불안하다

야 이게 뭐냐면 마지막 기계인데 생긴 거는 매번 그랬듯이 상자고 이 기계를 켜면 내가 지금까지 상상해서 글에 썼던 기계들이랑 살면서 상상하게 될 기계들이 다 마지막 기계 속으로 가거든 자동으로 다시는 내 인생에 기계가 없는 건데 기계가 없으면 불안하잖아 왜냐면 내 기계의 특징 일 정해진 규칙대로 작동 이 정해진 규칙들이 모순되거나 세상의 규칙과 모순되고 삼 인간의 감정은 종종 모순에서 나오지만 우리는 기계의 모순에서 나오는 것을 감정이라고 부르지 않을 수 있으며 실제로 감정이 아닌데 사 그 점이 좋음 오 기계는 인간이 할 수 없는 일이나 사고를 하고 육 내가 인간이라 그게 뭔지는 모르고 칠 그 점이 좋음 팔 내가 할 수 없는 일을 함 구 그 점이 좋음 십 내가 본 적 없는 일을 하는데 십일 본 적이 없는 일을 하다 보면 결국 모순에 봉착

하는데 모순에 봉착하면 본 적이 없는 일을 하게 되는데 그 점이 좋아 계속 기계 좋아서 계속 기계만 생각했는데 이 기계를 켜면 다 끝나는 거야 파이널 머신이야 기계는 입력하면 입력한 대로 하고 그래서 멋있는 일도 하고 불쌍한 일도 하고 사랑이라고 부를 수 있는 일을 하고 사랑이라고 부르지 않을 수 있고 사랑이 아니고 그게 나는 좋았는데 후회하게 되겠지만 이제 정말 파이널 머신뿐이야 빨아들이기만 하는 자기 자신은 빨아들이지 않는 기계 작을 수도 있고 클 수도 있고 금속일 수도 있고 아닐 수도 있고 한 번도 우리 만난 적이 없는 떠올릴 수 있는 것은 이 마지막 상자뿐이야 뚜껑이 없고 여는 방법이 없고 이게 내가 너에게 마지막으로 주는 기계 이제 나는 줄 수 있는 기계가 없다 달라고 해도 방법이 없다 여기에는 그 어떤 모순도 없다 그런데도

감정이 솟아난다면 내가 아직 인간이기 때문이겠지
내가 만약 기계가 되면 나는 내가 만든 마지막 상자
속으로 들어가는 것이고 너는 그것을 갖는 것이다
내가 너보다 더 빨리 기계가 된다면 내가 죽지 않는
다면 그런데 나는 죽어 내가 없으면 불안하니 이제
켠다.

우리에겐 모든 게 중요하다

　신, 이방인, 괴물 들은 끔찍한 말이나 섬뜩한 진실 같은 것을 적어놓고 사라진다.

　인간은 그 미지의 존재들을 흉내 내려고 한다. 만났다 헤어질 때 안녕이라고 하거나, 아무 말도 하지 않고 손도 흔들지 않고 그냥 간다. 사랑했어요. 사랑해. 그러거나. 귀신에게 빙의된 것처럼 이상한 얼굴을 하고, 우리는 죽을 겁니다. 이렇게 속삭이고 뚜벅뚜벅 저 먼 곳으로 걸어가기도 한다.

　우리가 헤어질 때 하는 말의 대부분은 저주인 것 같다. 푸는 방법은 모른다 효과도 잘 모르고. 왜 저주인지도 모른다.

　그냥 건다. 신, 이방인, 괴물이 그렇게 하니까. 끝에 저주를 적어놓고 가면 동경하는 고차원의 존재가 된 것 같다. 우리에겐 모든 게 중요하다. 신도 괴물도. 우리에겐 끝에 저주를 적고 떠나는 것이 중요하다. 당신은 나쁜 사람이다. 안연모 시인이 산타클로스라면. 엄청나게 빠르게 세상을 돌아다닐 수 있다면. 모든 사람들의 유서의 마지막 줄에 당신은 나쁜 사람이다라는 문장을 쓰고 돌아다닐 것 같다. 그 시인은 사람들이 얼마나 나쁜지 말하는 것을 좋아하니까.

우리에겐 모든 게 중요하다. 우리에겐 맨 마지막 줄의 저주 말고. 어쩌면 마지막 줄이 될 줄 알고 썼던 중간의 저주 말고. 첫 행에서 야심 차고 짓궂게 뱉었던 그 차가운 저주 말고도 다른 모든 저주가 중요하다. 행복한 낮잠도 중요하다. 아이들에게 힘을 주는 낙관도 중요하고. 우리의 저주가 우리를 어떤 사람으로 만드는지가 중요하다. 우리에게 모든 게 중요하다면. 저주를 푸는 방법을 생각하는 것도 중요하지 않을까. 당연히 그것도 중요하다. 저주는 저주로 받아들이지 않아도 저주인 것 같아서. 나는 저주를 거는 사람들을 걱정한다. 때로는 걱정하지 않는 마음도 중요하다. 우리에겐 모든 게 중요하다.

대화

대리인 박수정입니다. 죽으면 호주 멜버른에 있는 반려동물 납골당에 안치되고 싶다고 하셨는데요. 그건 불가능하다고 합니다. 당신은 반려동물이 아니라서 안 된다고 합니다.

다음 메시지는 딥러닝 자동 답변 프로그램 바늘땀에서 작성된 문서입니다. 고인입니다. 안타깝지만 어쩔 수 없죠. 애써주셔서 감사합니다. 저는 이미 죽어서 관계없지만, 오늘내일 강풍이 분다고 하는군요. 바람 조심하시고, 다른 유언들 진행 상황도 알려주시면 답장하겠습니다.

다음 메시지는 딥러닝 자동 답변 프로그램 바늘땀에서 작성된 문서입니다. 대리인 박수정입니다. 민정기 님 죄송합니다. 불의의 사고로 저도 죽어버리고 말았습니다. 부탁하셨던 일을 처리하기 매우 어렵게 되었습니다. 저는 이미 죽어서 관계없지만, 벌써 꽃이 피었다고 하는군요. 이미 돌아가셔서 관계없겠지만 만약 사후 세계가 있다면 거기서나마 봄을 만끽하시길 바랍니다. 답장 주시면 답장하겠습니다. 감사합니다.

(중략)

다음 메시지는 딥러닝 자동 답변 프로그램 바늘땀에서 작성된 문서입니다. 고인입니다. 죽음이라는 건 컴퓨터에서 파일을 삭제하는 것처럼 느껴집니다. 그런데 왜 자살한 사람들의 경우는 아예 컴퓨터를 포맷해버린 것처럼 느껴지는 것일까요? 제가 아직 살아 있었을 때, 꿈에 노무현이 나왔습니다. 큰 강당에서 사람들이 노무현의 연설을 듣고 있었습니다. 둘러보니 오래전에 알았던 사람들이 거기서 같이 연설을 듣고 있었습니다. 죽은 사람이 연설한다고 해서 한번 와봤다고 했습니다. 대학 시절 친하게 지냈다가 졸업하고 한 번도 연락하지 않았던 사람이 거기 있었습니다. 달려가 끌어안고 울었습니다. 연락을 안 해서 미안해. 내가 잘못했어. 아니야 내가 미안해. 서로 계속 미안하다고 하고, 알았던 사람들과 반갑게 인사를 했어요. 함께 건물에서 나와 건물 입구에 서서 이제 어디로 가나요. 아는 사람 있어요? 물어보면서 계속 인사를 하였습니다. 그 꿈을 꾸었던 것도 이제 아주 오래전 일이 되었군요. 주말 잘 보내십시오. 고맙습니다.

다음 메시지는 딥러닝 자동 답변 프로그램 바늘

땀에서 작성된 문서입니다. 안녕하세요. 고인입니다. 또 메일을 보내주셨군요. 곧 바늘땀 서비스가 종료된다고 합니다. 이렇게 얘기를 주고받을 수 있는 시간도 이제 얼마 남지 않았군요. 죽게 된 바람에 꿈을 꾸지 않은 지 너무 오래되었습니다. 기억나는 꿈도 이제 더는 없군요. 서로 기억하고 있는 모든 것을 다 털어놓고, 경청하면서, 선생님의 기억이 이제 제 기억이 되었는데도 아직 서로가 구분된다는 사실이 놀랍습니다. 그럼 고인이시여, 건강하고 따뜻한 한 주 되시길 바라요. 감사합니다.

다음 메시지는 딥러닝 자동 답변 프로그램 바늘 땀에서 작성된 문서입니다. 고인입니다. 보고 싶어요. 평안한 저녁 보내셔요.

다음 메시지는 딥러닝 자동 답변 프로그램 바늘 땀에서 작성된 문서입니다. 고인입니다. 저 또한 뵙고 싶습니다. 감사합니다.

너무 오래 있었던 세계

세계는 침묵으로도 말하지 않습니다. 세계는 오래 있었습니다. 해일, 지진, 작은 벌레의 고통, 화강암의 따스함이나 차가움, 우리가 지금 나누고 있는 이 대화도 세계에게는 표현이 아닙니다. 우리는 세계의 입이 아니라 세계의 생각입니다. 세계는 생각을 하지 않습니다. 우리는 세계가 생각하지 않은 생각이고 세계는 너무 오래 있었습니다. 나는 사람들이 많은 곳에 가는 것을 꺼리는 편이지만. 만약 사람들이 어딘가에 셀 수 없을 만큼 많이 모여서 세계가 불쌍하다, 세계가 불쌍하다. 한목소리로 소리치는 모임이 있다면 꼭 참여하고 싶습니다. 세계가 망할 것이기 때문에. 우리가 죽을 것이기 때문에 모여서 소리치는 모임이 아니라. 그냥 세계가 너무 오래 있었기 때문에. 그 사실이 불쌍해서 미치겠는 사람들의 모임에 꼭 참여하겠습니다. 아무리 수많은 입

들이 떠들고 외쳐도. 지나가던 고양이와 개들도 한
데 모여 한마음 한뜻으로 비명을 질러도. 어떤 것도
세계의 표현은 아니라는 것을. 그 모임에서 다시 한번
되뇌고 싶습니다. 세계가 겪는 슬픔에 조금 다가가기
위해서요. 세계는 슬픔과는 아무 상관 없습니다만.

대답

　돌이나 버섯을 수집하는 사람들은 좋겠습니다. 무언가를 좋아할 수 있다니. 힙스터라고 하죠. 좋아하는 걸 집에 가져오는 사람들. 다 다르게 생겼나요. 그래서 좋나요. 사람들은 종종 좋아하는 이유를 구체적으로 설명하는 걸 좋아하지 않는 것 같아요. 알고 싶은데. 저는 살아 있는 돌들에게 둘러싸여 있습니다. 신생아실에 있어요. 신생아는 한 달 동안 마음이란 게 아예 없대요. 어떻게 보면 아직 인간이 아닌 거야. 돌이라고 여기면 돌이야. 당신이 저 대신 여기 있으면 어떨 것 같아요. 좋을 것 같다고요. 왜죠? 알고 싶어요. 이 돌들 중에 하나만 집에 가지고 갈 수 있어요. 그래도 꽤 좋겠다고요. 도대체 왜 좋겠다는 건지. 알고 싶어 하는 것이 제가 좋아하는 일이라고 할 수 있어요. 엄밀히 말하면. 그냥 습관이고. 강박이지만. 왜 좋죠? 왜죠? 멋있는 사람들에게 좋아하는 것을 왜 좋아하냐고 물어보고. 대답을 모아 책으로 만들어서 팔려고 했는데요. 멋있는 사람들이 설명하는 것을 좋아하지 않아서. 출판사가 망했어요. 대부분 두루뭉술 답했어요. 살아 있는 돌 같았죠. 사람들의 답변이요. 둘러싸여 있습니다. 나는 이제 대답에 둘러싸여 있습니다. 옛날에 사귀었던 사람이 돌을 좋아했는데. 그 사람이 이제 좀 싫고. 그래서 솔직히 돌이 싫어요. 그 사람이 생각나면 싫거든요. 아가들은 곧 돌이 아니게 되겠죠. 다행이죠. 곧 하나 집에 가지고 가야 되는데. 그 사람이 생각나면 왜 싫냐고요. 왜 좋아했더라. 모르겠어서. 출판사가 그래서 망했거든요. 다들 모르겠다고 해서.

등장

　일전에 나는 「기계가 없으면 불안하다」라는 작품에서 다시는 기계가 중심 소재로(멋지고 철학적으로) 등장하는 작품을 쓰지 않겠다고 나 자신과 독자 여러분께 약속하였다. 그런데 버튼은? 버튼은 전기장치에 전류를 끊거나 이어주거나 하며 기기를 조작하는 장치인데, 언뜻 생각하기엔 기계가 아닌 것 같지만, 기계의 부품이라고 친다면 기계에 속한다고도 할 수 있을 것이다. 그래서 나는 오늘 3차원 공간에 존재하는 버튼이 아니라, 이 글의 등장인물인 한지 씨가 작고 평평한 종이 위에 그려놓은 빨간 스위치를 등장시키고자 한다. 그림 버튼은 상상력을 가동하지 않으면 절대로 작동하지 않고, 본래 작동하지 않는 것이니 고장 난 기계라고 할 수도 없으며, 게다가 내 작품이 아니라 한지 씨의 작품에 등장하는 것이기에 비로소 나는 약속(지킬 필요는 없다)을 지킬 수 있게 된 것이다.

　후

　'등장'이라는 작품을 쓰고 있는데 일전에 「기계가 없으면 불안하다」라는 작품에서 기계가 등장하는(중심 소재로) 작품을 다시는 쓰지 않기로 했던 약속을 어기지 않으면서 어떻게 버튼(어떻게 보면 버튼은 기계가 아닐 수도 있지만)을 시에 등장시킬 것인지를 설명하면서(변명하면서) 시작한다. 무언가를 글에 다시는 등장시키지 않겠다고 맹세하는 일은, 어떻게 약속(금기라고 표현할 수도 있을 것이다)을 깨지 않으면서 쓰고 싶은 것을 쓸 수 있을지를 알아낸 것처럼 무언가 해결된 느낌을 준다.

한지 씨의 작품에 등장하는 누를 수 없는 빨간 버튼은. 만약 누른다면 믿고 있는 것을 믿지 않게 해준다. 마법이 아니라 과학으로. 믿음이 아니라 과학으로. 사랑이 아니라 과학으로. 소망이 아니라 과학으로. 절제가 아니라 과학으로. 비폭력이 아니라 과학으로. 폭력이 아니라 과학으로. 자신들이 믿는 것이 과학이고, 영혼도 과학적인 것이라고, 생각하는 사람들이 있다고 들었다. 죽지 않으니 괜찮아요. 하지만 잘못을 하면 완전히 죽을 수도 있어요. 아주 옛날의 교황은 그렇게 말했다. 요즘의 교황도 그렇게 말하는가? 죽지 않으니 잘 살아요. 죽어도 괜찮으니 잘 살아요. 자기들 종교의 근본이 과학에 있다고 믿는 사람들이 있다고 들었다. 시키는 대로 살면 좋겠지만…… 그렇게 안 살아도 죽지는 않아요. 그렇게 말하는 사람들이 있다고 들었다. 그런 사람들은 왜 거리에 등장하여 말을 걸지 않는 것일까. 그래야 한지 씨의 그림을 줄 수 있을 텐데. 이걸 누르면 당신은 당신의 종교를 믿지 않게 됩니다. 죽으면 끝일 수도 있겠다고 생각하게 되는 것이죠. 과학적으로.

그러나

이 버튼은 누를 수 없어요. 누르고 싶어도, 누르기 싫어도, 누를 수가 없어요. 착하게 살아도, 나쁘게 살아도, 죽어도, 안 죽어도, 제발 무섭지만 않았으면 좋겠는 사람들. 당신들도 무슨 그림 같아요. 실제로 본 적은 없거든요. 종교인들이여. 제 작품에 등장하고 계십니다. 예술 작품에 등장하길 꺼리는 사람들이 있죠. 빨간 버튼처럼 초연하게 굽시다.

작품이 되는 것을 두려워하지 맙시다. 무섭지만 않으면 기분이 좋습니다. 어디서 읽은 글에 그렇게 써있었습니다. 어디서 읽은 글에 당신들이 등장했습니다. 실제로 본 적은 없거든요. 종교인들이여.

이 글을 끝으로 더는. 작품에서 종교나 믿음에 대해서 쓰지 않으려고 해요. 당신들에 대해서도. 넣고 싶으면 어떻게든 방법을 찾겠지만. 하여간 지금은요. 종교인들이여. 당신들에게 그림을 줘서 뭐 하겠어요. 누를 수 없는 그림이 무섭긴 하겠어요? 죽으면 끝일 수도 있겠다고 생각하면. 그럼 참 좋을 텐데. 나는 종교를 만드는 게 취미거든요. 만들어서 하루 이틀 믿다가 다시 다른 종교를 만들죠. 오늘 나는 아무도 믿을 수 없는 종교를 만들고 싶었어요. 아직 어떻게 만들어야 할지 모르겠는데. 등장하지 않았는데. 과학적으로. 앞으로는 과학도 다루지 않기로 하죠. 어렵겠군요.

저는요

누구든 제 작품을 보고, 제 생각이나 기분이 어떤지 알아야 한다고 생각하지 않으려고 하면서. 그렇게 글을 써왔어요. 그런데 오늘은 좀 알아줬으면 하는군요. 내가 만약 「기계가 없으면 불안하다」라는 작품을 쓰지 않았다면. 오늘 나는 당신들에게 빨간 버튼을 누르게 할 수 있었을 텐데. 괜찮지 않게 만들 수 있었을 텐데. 처음으로 조금 후회가 되는군요. 분하군요. 당신들의 기분을 망치지 못해서. 나는 너무 분합니다. 이상입니다.

부탁

　당황해주세요. 시간이 없어요. 좋은 방법을 고안할 시간이. 제가요. 금방 죽을 수도 있고요. 나중에 죽을 수도 있는데요. 시간이 없다고 생각하니까 갑자기 시간이 너무 없는 거 있죠. 당신을 당황시킬 시간이요. 제가요. 종종 당신이 누군지도 모르거든요. 쉽게 당황하는 사람이거나, 제가 뭘 해도 참 철없는 장난꾸러기구나. 나는 장난꾸러기가 참 싫다. 그렇게 저를 밀어낼 사람이겠죠. 노력하는 거 좋아하고요. 좋은 장난이 생각날 때까지 기다리는 거 좋아하고요. 누가 밀어내면. 애교를 부려서 닫힌 마음을 녹이는 거 좋아하고요. 모두를 당황시킬 순 없죠. 포기하는 척하면서. 쓸쓸한 미소 지어서. 날 미워하는 사람에게 죄책감 비슷한 것을 주는 것도 좋아하고요. 요즘엔 무슨 일이 있었냐면요. 절대로 당황하지 않는 사람을. 제가 하는 일이라면 뭐든 반대하고 보는 사람을 상상했고요. 그 사람에게 진실을 알려줬어요. 그렇게 살면 안 된다고. 그러면 마음에 병을 얻을 거라고. 정신도 나빠질 것이고. 몸도 아플 수 있다고. 내가 싫고 내가 문제면 나를 떠나세요. 만리 밖으로 뛰어가세요. 제가 뛰어갈까요? 이제 제가 당신 곁에 없어요. 원래도 없었지만요. 당황하세요. 최면을 거세요. 나는 당황한다. 무섭다. 나는 무섭다. 무서워서 살 수가 없다. 귀엽다. 가슴이 올망졸망 뛴다. 당황한다. 나는 당황한다. 꼬리에 택배 스티커가 붙은 고양이처럼. 웅덩이에서 물을 먹다가 사레가 들린 고라니처럼. 이제 정말 시간이 없어요. 당신이 당황하지 않으면. 전쟁이 일어나요. 전쟁이 길어지면. 어떻게 하려고 그래요. 전쟁이 당신을 당황시키지 않으면. 어떻게 하려고 그래요. 왜 나를 싫어해요. 당신을 당황시키려는 나를. 왜 내

부탁을 무시하나요. 당황해주세요. 시간이 없다고
요. 당황해주세요. 시간이 없다고 생각하라고요. 내
일은 시간이 많을 수도 있지만. 지금 당장은 내 부
탁을 좀 들어달라고요. 내일 나를 싫어하고. 내일
무뚝뚝하게 굴고. 오늘은 당황해주세요. 명령이 아
니에요. 부탁이에요.

안내근무자

안내근무자는 뭐든지 할 수 있을 것 같다. 알 것 같다. 사실이 아니지만. 사실을 좋아하기도 하고. 사실이 아닌 것을 좋아하기도 하고. 둘 다 좋아하기도 하고. 둘 다 싫어하기도 한다. 하나만 고르면 불행해진다. 안 그래도 불행한데 더 불행해진다. 불행해지기 위해서는 아닌데, 나는 매 순간 무언가를 고른다. 사실이 아닌 것을 자주 고른다. 안내근무자가 뭐든지 할 수 있을 것 같다는 생각을 많이 한다. 사실도 자주 고른다. 당연히 안내근무자는 뭐든지 할 수 있는 사람이 아니다. 중심부까지 가면 소원을 이루어주는 버려진 공간들, 잿빛의 이름 없는 도시들, 다섯 개의 방문구역이 있다. 구역들 입구에 안내근무자들이 있다. 어떻게 들어가고, 들어가면 어떻게 되는지 알려준다. 안내근무자들은 자신의 일을 사랑하지 않는다. 자신의 일을 사랑하는 사람이 세상에 있긴 있다는데. 어쨌든 안내근무자들은 자신의 일을 사랑하는 척 열심히 안내를 하고, 손님들은 그들이 안내를 사랑하지 않으면서 열심히 사랑하는 척을 하다가 가끔은 정말로 안내를 사랑하기도 한다는 것을 알아버렸다. 그 사실이 손님들의 마음에 쏙 들었나보다. 그래서 손님들은 방문구역에 들어가기 위해서가 아니라 안내근무자들을 구경하러 방문구역 입구에 자주 방문하고 있다.

그들은 웃지 않는다

처음에 나는 복화술사가 되고자 했다. 왼손에 착용한 인형으로는 아는 것에 대해서만 말하고, 오른손 인형으로는 모르는 것만 말하고자 했다. 나는 알고 지내는 사람이 많았으므로, 매일 약속이 있었고, 매일 무대가 바뀌었고, 수많은 사람들에게 복화술을 보여주었다. 알고 지내는 사람이 줄어들게 되자 나는 가급적이면 왼손을 주머니에 넣고자 했는데, 왼손이 자꾸만 자기가 늙었다고 말했기 때문이다. 다들 배신자라고. 알던 사람이 죽었다고. 두통이 심하다고. 살이 쪘다고. 살이 더 쪘다고. 살이 너무 많이 쪘다고. 눕고 싶다고. 자도 자도 피곤하다고. 오른손은 말했다. 아픈 사람. 오른손은 말했다. 돌멩이. 오른손은 말했다. 피 흘리지 않는 석양 녘. 오른손은 말했다. 상자 속의 고양이. 오른손은 말했다. 외로움. 왼손에게도 오른손에게도 여행이 필요하다는 것을 나는 이해하고 있었다. 천문대에서 배신자라고 말하면, 폐병원에서 배신자라고 말하면, 신년 행사가 벌어지고 있는 뉴욕 시내에서 돌멩이를 발음하면, 울릉도에서 돌멩이를 발음하면.

다르니까.

그렇지만 나는 여러 가지 이유로 여행을 다닐 엄두가 나지 않았는데. 그래서 나를 데리고 다닐 누군가가 필요했다. 갑자기 여행을 가자고 말해주는 친구. 집이 너무 넓어서. 그의 집에 놀러 가기만 해도 거기가 여행지처럼 느껴지는. 정원이, 수영장이, 옥상이, 마음이, 헤아릴 수 없이 넓어서. 그 친구와 함께 있으면 내가 여행 중이라고 착각할 수 있는. 안온한 친구. 그런 친구가 내게도 있었지. 그 친구도

늙었어. 살이 쪘어. 살이 너무 많이 쪘어. 죽었어.
배신자. 나는 두통이 심하여, 두통이 심한 왼손을
자르고 싶었다. 오른손이 말했다.

　외로움.

　나는 복화술사를 그만두었다. 대신에 나는 복화
술사 조각상을 하나 구입하였고, 안온한 친구 조각
상을 하나 구입하였다. 들고 다니기가 거추장스러
웠다. 그래서 나는 종이와 펜과 접착용 테이프를 대
량으로 구입하였다. 항상 그것들을 들고 다니다가,
손이 달린 조각상이 보이면 종이에 단어를 써서 접
착용 테이프로 붙였다. 왼손에는 아는 것만 말하는
왼손. 오른손에는 모르는 것만 말하는 오른손. 그
옆의 조각상에는 안온한 친구.

내가 떠나고 얼마 안 있어서, 아마도 누군가가 내가 붙인 것을 떼었을 것이다. 그래서 나는 스텐실로 그라피티를 하고 다닐까 생각했다. 유명해지면 좋을 텐데. 지우지도 떼지도 않게. 지우지도 떼지도 않게. 오른손이 어디선가 되뇌도록. 왼손이 죽지 않고 계속 늙도록. 안온한 친구와 함께. 오른손은 모른다. 정말이다.

동경

당신과 같은 테이블에 앉아 서로가 서로의 웃음을 보고 웃을 수 있다면 좋겠군요. 헤어질 때는 포옹을 하면 좋겠군요. 이게 다 당신을 모르기 때문에 내가 꿈꾸는 일이겠지요. 당신을 잘 알게 되면 좋겠군요. 당신이 나보다 먼저 죽었으면 좋겠군요. 당신이 죽은 다음, 당신과 함께 웃고, 헤어질 때마다 포옹을 했던 일을 떠올릴 때마다. 돌이켜보니 내 인생이 아주 좋았다고 생각할 수만 있다면. 어쩌면 당신이 죽기 불과 며칠 전에, 나는 문병을 가게 되는지도 모르겠네요. 당신이 내가 당신의 병상에서 떠났으면 좋겠다고, 이번엔 포옹도 없이, 그냥 헤어지면 좋겠다고 생각한다면. 나는 당신의 소원을 들어드리겠어요. 집으로 돌아오면서 무척 슬프겠지요. 지금 나는 딱히 누구를 동경하지 않고, 그러니까 지금은 당신이 누군지도 모르겠고, 그러니까 당신은 아직 죽지도 않았는데. 나는 문병을 가지도 않았는데.
어쩌면 내가 먼저 죽을지도 모르는데. 나는 아주 우
울하고 슬픕니다. 당신을 상상했어요.

이것은 여행이 아니다

그리고 그 뒤로 그는 죽을 때까지 단 한 번도 대중 앞에서 연주회를 갖지 않았습니다. 그 이후로 그는 죽을 때까지 농사를 짓지 않았습니다. 빵을 굽지 않았습니다. 은퇴를 선언한 이후로 그는 그 어디에도 투자를 하지 않았습니다. 다시는 방송에 출연하지 않았습니다. 카메라를 들지 않았습니다. 아무도 가르치지 않았습니다. 적을 죽이지 않았습니다. 붓도 펜도 들지 않았습니다. 혁명에 참여하지 않았습니다. 거부했습니다. 죽을 때까지. 강당에서 사람들이 언제 어떻게 은퇴했는지에 대한 강의를 듣고, 원재연은 버스를 타고 집으로 돌아가는 중이다. 오늘의 강연자는 추측했다. 그들이 어째서 그만두었는지. 원재연은 어떤 추측은 긍정하고, 어떤 추측은 부정하면서, 지하철을 타고 집으로 돌아가는 중이다. 해외로의 여행이 금지되었다. 그래서 원재연은 자기가 동경하는 사람을 만나러 갈 수 없다. 원재연은 집으로 가면서 자기가 동경하는 사람이 어째서 하던 일을 그만두었는지 추측한다. 집으로 돌아가면 원재연은 하던 생각을 그만둘 것이다. 그래서 원재연이 늦은 밤 집 앞 골목에 서서 가을바람을 맞고 있는 것일까? 집으로 들어가지 않는 것일까? 아니다. 그는 일단 부정해본다. 그리고 긍정도 해본다. 언젠가…… 원재연은 자기가 동경하는 사람의 인터뷰를 읽었다. 일을 하러 갔다가 폭풍이 몰아치는 설산에 38시간 동안 갇힌 이야기. 그는 눈을 파서 구덩이를 만들고, 생각에 잠겼다. 집으로 돌아가면 하던 생각을 그만둘 것이다. 원재연은 집 앞에 있다.

2차원의 악마

하늘에 계신 우리 아버지
그림이 되고 싶어 하네

다들 그림이 되고 싶어 한다는 것은 내가 완벽하게 이해한다고 말할 수 있는 몇 안 되는 것들 중에 하나.

그림이 되고 싶어 하지 않는 것처럼 보이는 것들도 있지. 가을비나 돌멩이처럼. 돌아서서 다시 생각해보면. 그것들도 역시 그림이 되고 싶어 하네. 어떤 것들은 외로워서 그림이 되고 싶어 한대. 가을비는 외롭지 않지만. 그림이 되고 싶어 하네. 웃긴 걸까 슬픈 걸까. 그림이 되고 싶다는 것은.

네 옆에 앉아 있다가. 너는 그림이 되기를 원하지 않는 것 같다고 생각했어. 모든 것이 그림이 되고자 하는데. 너만 제외해도 되는 것일까. 고민하다

가. 고양이가 특별한 대우를 바란다는 것을 깨달았다. 사랑하니까. 마주칠 때마다 네게 고백하니까. 특별하게 대우하는 것은 어렵지 않지만.

　네가 그림이 되기를 원하지 않는 이유는 사랑 때문이 아니야. 어디에나 사랑이란 단어로 덧칠하는 건. 내가 마음에 들어 하지 않는다고 말할 수 있는

　몇 안 되는 것들 중에 하나.

　그리고 누군가가 책에 그려놓은 악마. 나 때문이 아니야. 너희가 그림이 되고 싶어 하는 것은. 나 때문이 아니야.

　그렇게 말하고 있는 것만 같은.

　나 때문이 아니야.

네가 누군데?

가을비.

추모 도서 출간 파티

조금 유명했던 사람이 마흔둘에 죽어서 그를 알던 사람들이 안타까워하였다 그를 모르던 사람들도 그가 마흔둘에 죽었다는 소식을 어디선가 듣고 그가 어떤 사람이었는지 궁금해하였다 그 사람과 친분이 있던 사람들이 주도하여 그 사람의 인생에 대한 글을 여러 사람에게 받아 추모 도서를 냈다 그 책의 출간 파티가 있었다 그가 죽었을 시기에 한국은 코로나19 전염병으로 인해 상점이 저녁 10시까지만 열었고 5인 이상 집합 제한이었고 집필에 참여한 사람들이 5명이 넘어서 5인 이상 모이긴 했지만 테이블을 구분하여 떨어져 앉았고 평균 맥주 2잔씩을 마시고 집으로 돌아들 갔으며 코로나19 이전에는 출간 파티가 열리면 새벽까지 술을 마시고 집에 돌아갈 때 길에서 택시 기다리는 것도 일이었는데 이렇게 10시에 헤어지니 좋네 대부분의 사람들이 나와

같은 생각을 했다 어떻게 아냐면

시간이 흘러

추모 도서가 절판이 되고 그때 출간 파티에 있었던 사람들에게 물어보았다 그날 10시 전에 헤어져야만 해서 어땠냐고

참 깔끔한 행사였다고 말하는 사람도 있고 일찍 헤어져서 아쉬웠지만

그래도 일찍 헤어져서 집에 가서 누워서 추모 도서를 읽으며 그를 추모하며 꺼이꺼이 울었다는 사람이 있었고

조금 울었다는 사람도 있었다

사랑하는 내 남편 당신의 추모 서적 출간 파티는 산뜻하게 기억되고 있어요

좋죠

당신의 마음에 들지 않음

손바닥에서 뜨거운 물이 나오는 마법

물이 나오는 속도는 준수하지만, 욕조를 다 채우기까지는 시간이 꽤 걸린다. 더글러스는 물이 반쯤 담긴 욕조 속으로 들어간다. 아침에 뜨거운 물로 목욕을 하지 않으면 정신이 차려지지 않는다. 아침마다 고용인의 손에서 나온 물로 목욕을 하는 사람들은 느낌이 어떨까. 원재연처럼. 세계관을 쓰는 일은 더글러스가 잘하는 일이지만, 원했던 일은 아니다. 음유시인이 되면 좋을 텐데. 그 세계에 가보니, 이런저런 이유로 그 세계가 마음에 들지 않았다네. 이런 노래를 만드는 것만으로도 돈을 벌 수 있다면…… 노래집의 제목도 정해졌다. 「당신의 마음에 들지 않음」.

들어가도 되는 책

일레리온의 가죽으로 만든 책에는 본래 들어갈 수 있지만, 세계가 없는 책에는 들어갈 수 없었고, 평화로운 이야기책이라 하더라도 들어가서 다시 나올 수 없거나, 세계가 너무 좁아서 들어가자마자 죽는 경우도 있었으며, 더 큰 문제는 한번 들어가면 무조건 10년을 살고 나와야 한다는 데 있었다. 안에서의 10년은 밖에서의 반나절밖에 되지 않았으므로, 들어가도 되는 책이냐 아니냐를 시험하는 것은 어렵지 않았으나, 수명을 깎으면서까지 위험을 감수하려는 사람이 많지는 않았다. 원재연이 들어갈 수 있는 책의 출판사를 만들기 전까지는. 책은 가상 세계의 백과사전으로, 안전을 위하여 꼭 기입해야 하는 273개의 항목과 기입해서는 안 되는 3,246개의 항목이 있다. 한 권에 한 사람만 들어갈 수 있으므로, 모노스톤이 처음 출판한 책은 재력가들을 위한 지상낙원. 그러니까 괴물이나 전쟁, 범죄가 존재할 가능성을 원천 봉쇄한 휴양지였으나, 미지의 세계를 모험하고자 하는 독자들이 늘어났고, 나의 부모(여기서 그는 자웅동체였다) 더글러스는 모노스톤사에 고용된 572명의 작가 중 하나였던 것이다. 그는 8년 전에 자신이 만든 이 세계를 떠났다.

아로새기는 해변

나는 이 해변을 보러 이 책에 들어온 거란다. 이 책에 들어오기 위해서 전 재산을 지불했지. 이 해변은 내가 만든 노래라고 할 수 있단다. 책에 몰래 집어넣었지. 일생일대의 모험이었단다. 그러나 내가 더글러스와 함께 아로새기는 해변에 온 것은 딱 한 번이었다. 그는 미소를 짓고 있었고, 그의 미소는 내게 다음과 같은 문장을 아로새겼다. 당신의 마음에 들지 않음. 해변의 수많은 모래 알갱이들 하나하나마다 각주가 달려 있다. 당신의 마음에 들지 않음. 바다에 각주가 달려 있다. 당신의 마음에 들지 않음. 손바닥으로 물을 떠서 모으고 있으면 거기에도 각주가 달려 있다. 당신의 마음에 들지 않음. 손바닥 사이로 줄줄 새는 물방울 하나하나마다 각주가 달려 있다. 당신의 마음에 들지 않음. 바람과 햇살과 여우비와 더글러스에 대한 추억이 아로새긴다. 당신의 마음에 들지 않음. 당신의 마음에 들지 않음. 내가 하고 싶은 유일한 말이란다. 내가 보고 싶었던 유일한 풍경이란다. 내 딸아. 세계를 만들 때는 말이다. 마음에 들지 않는 세계는 만들지 않는단다. 내가 그 세계를 사랑한다는 확신이 들지 않을 때는, 아무것도 쓰지 않는단다. 그래서 여길 떠

나는 게 무섭구나. 다시 직장에 나가야 한다니. 이 세계의 욕조에는 언제나 뜨거운 물이 가득 담겨 있고. 나는 욕조 속에 누워 더글러스를 생각한다. 내가 온 세계에서는 아침마다 뜨거운 물을 스스로 욕조에 채워야 한단다. 손바닥을 쫙 펼치고. 욕조 옆에 앉아서. 또 돈을 벌 거란다. 금방 돌아갈 거란다. 그러고 있나요. 돌아오지 않아도 괜찮아요. 당신은 내 마음에 들지 않아요. 적어도 여기선요. 여긴 지금 당신의 노래예요.

나는 모스크바에서 바뀌었다

나는 무서운 것이 너무 많고
비위도 약하지만

내가 시체 청소부면 좋겠다
초등학교 앞에 시체가 나타나면 아이들이 떼로
몰려서 시체를 둘러싸고 서서 그걸 보고 있다
한마디씩 하는 애들도 있고 아닌 애들도 있지

애들도 시체를 봐야 시체가 어떻게 생겼는지 알
겠지만 나는 시체가 너무 불쌍해서 시체를 들고 먼
곳으로 간다
아무도 보고 수군거리거나

침묵하지 않도록

그때 나는 아직 어린아이고 시체는 대부분
축축하고 무겁다

나는 내가 많으면 좋겠다
천만 명이면 좋겠다

어린애들이 있는 곳이면 거기 항상 있는
시체가 나타나면 들고 먼 곳으로 가는

모스크바 공항에서 파리행 비행기를 놓치고
공항에 오랫동안 갇혀서
이런 개고생 좀 그만하자고, 술도 끊고, 집에서
만 놀았는데 싫은 사람 나쁜 사람
안 만나고 숨어내고 살고자 했던 것 같은데

그렇게 살지 말아야지

전염병이 도는 시기에
누울 곳이 없는 모스크바에서

그렇게 살지 말아야지 내가 많았으면 좋겠다
어디서나 머리만 기대면 깜박 잠들고

시체를 둘러싼 아이들 틈바구니를 비집고
들어가서 시체를 들고 먼 곳으로

그런 생각을 스무 시간 하고
나는 모스크바 공항에서 바뀌었다

요즘 학생들에게 알려주는 것

이번에 선생님과 통화를 했는데. 선생님이 니 얘기를 하더라. 네가 요즘 어떤 시를 계획하는 글을 쓴 다음 그걸 시라고 여기고 있다고. 그게 좋은 일인지 잘 모르겠다고 그러시더라. 누군가가 내 시에 대해서 이렇게 저렇게 말한 것을 시의 서두에 써놓으세요. 누가 여러분의 시를 읽고 어떤 반응을 할지 예측한 다음. 시의 맨 앞에 그 얘기를 쓰세요.

아니요.

여러분이 여러분 자신을 지킬 수 있다면 비겁해져도 좋습니다. 이 시에서 호들갑을 잔뜩 떨 것이라고 미리 말해두세요. 마음껏 호들갑을 떨 수 있도록. 변칙도 있습니다. 이 시는 연애시가 아니라고 미리 말해두세요. 그런 다음 마음껏 헤어져서 슬프다는 얘기를 하세요. 써봐야 소용없는 얘기를. 가지고 싶은 것을 가지지 못해서 슬프다고 땡깡을 피우세요.

가끔만 이렇게 하세요. 너무 자주 써먹으면 그 수도 다 들켜서. 변명하고 시작하는 사람이 됩니다. 좋습니다. 이렇게 제 시는 아까 시작되었습니다. 제가 다음에 쓸 시의 제목은 '불행의 존재 자체가 모욕'입니다.

그렇습니다.

제가 일전에 말한 스카이다이빙이 나오는 시입니다. 고소공포증을 갖고 있는 어떤 사람이 처음 스카이다이빙을 합니다. 교관이 뒤에 매달려서 같이 떨어지죠. 그런데 함께 떨어진 지 얼마 되지 않아서, 교관이 다음과 같이 말합니다. 낙하산을 펴지 않을 것이라고. 우리는 함께 죽을 것이라고.

저는 종종 시의 서두에서 상황을 미리 설명합니다. 거창한 수사를 사용하지 않고, 정황 정보를 독자가 빠르게 전달받을 수 있게요. 제가 상황을 묘사하는 일을 잘하지 못하기도 하고, 중요한 장면이나 진술은 뒤에 나오는데, 앞에서 묘사를 하느라 진을 빼고 있으면. 글을 쓰는 일이 지루해집니다. 글쓴이가 지루한 마음으로 쓴 부분은 독자도 지루하게 받아들이고. 나중에 다 쓰고 나서 읽어보아도 좀처럼 마음에 들지 않습니다. 옛날 소설의 도입부들이 특히 그렇죠. 항구나 교회 첨탑 같은 풍경을 묘사하는 소설의 서두에서. 저는 제 인내심을 시험받곤 합니다.

지루하군요.

　묘사가 어째서 지루해질 수 있는지는 이미 다른 수업에서도 많이 말했던 것인데. 빨리 오늘의 핵심으로 넘어가기로 하죠.「불행의 존재 자체가 모욕」의 화자는 교관도, 남의 자살에 휘말리게 된 피해자도 아니다. 이 시의 화자는 둘을 떨어뜨린 비행기 파일럿이다. 그는 과거형으로 서술한다. 그러니까 이 시가 쓰여지는 시점은 모든 일이 다 끝난 이후이다. 그는 교관과 피해자가 떨어지면서 무슨 대화를 나누었는지, 어떤 사색을 했는지 알고 있다. 그러니까 3인칭 관찰자 시점이 아니라 전지적 작가 시점이다. 알고 있다고 착각하는 것일까? 망상일까? 정말로 알고 있는 것일까? 그는 신인가? 아니다. 그는 작가다.

그의 이름은 원재연이다.

실재하는 원재연은 나와 함께 작업실을 사용했던(직업은 프로그래머) 동료로, 나는 종종 그 사람의 이름을 내 시에 등장하는 악당의 이름으로 사용한다. 이번엔 악당이라고 하기에 좀 애매한 지점이 있고, 「불행의 존재 자체가 모욕」에는 원재연이란 이름이 나오지 않을 예정이다. 그럼에도 화자의 이름을 지어놓으면 도움이 된다. 화자 원재연은 두 딸의 아버지인가? 독거노인인가? 어쩌면 둘 다일 수도 있습니다. 나는 이 글에 등장하는 원재연에 대해서 잘 알지 못합니다. 저는 신이 아니라 작가니까요. 어쨌든 원재연은 종종 친구들을 놀리긴 하지만,

누군가가 죽고 사는 문제를 다룰 때에는 속에서 조롱이나 냉소가 튀어나오려는 것을 꾹 참으려고 노력합니다. 원재연은 시에 등장하는 사람들을 불쌍하게 여깁니다. 불행의 존재 자체가 모욕임에도 불구하고. 누군가를 불쌍하게 여기거나 동정하는 일이 자기기만에 불과한 것이 자명함에도. 원재연은 그렇게 합니다. '불행의 존재 자체가 모욕'이라는 제목은 작가가 쓴 것입니다. 화자인 원재연이 쓴 것이 아닙니다. 참고로 저는 불행의 존재 자체가 모욕이라고 생각하지 않습니다. 얼마나 자존심이 센 사람이기에. 뭘 그렇게 모욕으로 받아들일까요. 아, 그리고 저는 그 시의 작가가 아닙니다. 이 시의 작가도 아니지요. 저는 최원석입니다. 최원석은 제 시에 자주 등장하는 인물이죠. 제 고등학교 친구입니다.

한국 사람의 이름은 시에 사용하기 싫을 때가 많습니다. 뭔가 세련되지 않고, 한국이라는 국가성이 부여되면서 현실과 딱 붙어버리기 때문이죠. 하지만 나는 내가 좋아하는 친구들의 이름을 자주 사용한다. 그러면 내 시에 등장한 이름들이 싫어지지 않기 때문이다. 내가 그들과 계속 친구일 수 있도록 도와주세요.

불행의 존재 자체가 모욕

그에게 자식이 있었다면 아마도 이렇게 말했을 것이다. 아버지는 아주 짧은 순간이었지만 유명한 무리에 속한 적이 있었다. 그에게는 딸이나 아들이 꼭 있었어야 한다. 그와 나 사이에는 친분이라고 할 만한 것이 없고, 그렇기에 내가 그를 아주 짧은 순간이었지만 유명한 무리에 속한 적이 있었던 사람이라고 묘사한다면, 자칫 그 사실을 조롱하는 것으로 비칠 수 있기 때문이다. 그러나 그의 자식이라면. 아주 짧은 순간 유명한 무리에 속한 적이 있었다는 서술이 여러 의미로 독자들에게 다가갈 수 있을 것이기 때문이다.

하지만 내가 그의 자식이 아니더라도. 나는 이렇게 묘사할 수밖에 없다. 가장 함축적이고, 적확한 말이기에.

내가 만약 그의 자손이라면. 짧은 순간 유명했다는 사실이 나의 운명에 침투하는 무슨 유전적인 성질 같은 것으로도 느껴졌을 것임이 분명하다. 유명한 무리와 밥 한번 먹은 적이 없다고 하더라도, 좋은 기회를 잡아 유명한 무리와 친교를 나눌 때에도, 어쩌면 내가 이 무리에서 금방 퇴출되는 것이 아닐까. 다시는 듣지 못할 그들의 칭찬을 평생 기억하면서, 유명하지 않은 무리들에게 내가 이러저러한 칭찬을 들었던 사람이라고 뻗대며 살지는 않을까. 만약 그렇게 된다면, 그건 내 운명이 내 아버지의 운명을 닮았기 때문일지도 모르겠다고. 그렇게 자신이 불행한 이유를 아버지에게서 찾았을지도 모를 일이다. 그러나 그의 자식이 고결한 인간이라면, 아버지의 인생을 자기 인생의 불행으로 삼는 천박한

짓은 하지 않을 것이다. 고결한 인품을 가진 그의 자손으로서 이 이야기를 하고 싶다.

　그러나 실제로 나와 친분이 있었던 것은 잠시 유명했던 그 추방자(김대환)가 아니라, 천인공노할 악당인 박이현이다. 악당의 인생에 대해서는 다루지 않기로 하겠다. 그가 왜 그런 일을 저질렀는지에 대해서는 이해할 수도, 이해할 필요도 없기 때문이다. 김대환은 자신의 말이나 글이 이 땅의 시민들에게 선물이 될 수 있었으면 좋겠다는 바람을 가지고, 자신의 고소공포증에 맞서보고자 스카이다이빙을 해보기로 한 것이다. 박이현 교관은 김대환과 연결된 채로 떨어졌다. 그리고 박이현은 김대환에게 소리친다. 죄송해요. 낙하산을 펴지 않을 겁니다. 같이 죽으려고요. 김대환은 간청한다. 아저씨 그러면 아저씨 지옥 가요. 김대환에게는 시간이 없었다. 자신이 누구인지에 대해서 뭐라고 설명해야 하는지도 알 수 없었다. 김대환은 기도를 하기 시작했다. 박이현의 마음을 바꾸기 위해서. 그러나 바꾸지 못한다면? 그래서 김대환은 인본주의자로서 박이현이 지옥에 가지 않도록, 박이현을 용서하도록 기도해야 하는지를 스스로에게 물었다. 김대환은 박이현의 이름도 몰랐으므로, 이 아저씨를 지옥에 가지 않도록 구해주소서. 소리쳤다. 이제 정말로 시간이 별로 없었다.

시간이 없다는 문장을 쓰기만 해도. 시간은 정말로 없는 것이 된다.

김대환에겐 종교가 없었다. 당신은 어쩌면 종교를 믿어야 할지도 모른다. 하지만 그보다 더 중요한

것은. 짧은 순간이라도 유명했다는 사실에 만족하
기를 바란다. 얼마나 운이 좋았는지. 유명한 무리가
나를 칭찬했던 것은 감언이설이 아니었다. 그들은
정말로 나를 사랑하였다. 조금은 질투도 했을 것이
다. 그렇게 지나간 일은 지나간 일로 두고. 당신은
다시 삶을 살아야 한다. 시간은 김대환에게만 없었
던 것이 아니지만. 박이현에게 없었던 시간에 대해
서는 다루고 싶지 않다. 김대환의 시간을 상상하라.
당신은 당신의 삶을 바꾸어야 한다.

행복

지옥으로 가는 버스의 승객들은 얼마나 시간이 지났는지, 목적지가 어디인지, 얼마나 더 가야 하는지 알지 못한 채로, 여기가 지옥이라고 생각하며 낙담한 채 고개를 푹 숙이고 있다. 지옥으로 가는 버스는 비포장도로를 달리고 있다. 최원석은 버스의 맨 뒷좌석에 앉아 유리창에 머리를 기대고 있다. 버스는 계속 흔들리고, 최원석의 머리는 유리창에 자꾸 부딪힌다. 다와줘마는 지옥으로 가는 버스에서 태어났다. 다와줘마는 일곱 살이다. 지옥으로 가는 버스는 82년 하고도 7개월을 더 달려서 지옥에 도착한다. 아무도 그 사실을 모른다. 엄마가 그러는데요. 이 뒤에 따라오는 버스가 있대요. 거기 내 친구들이 타고 있대요. 다와줘마는 원석의 옆자리에 와서 버스 뒷유리를 하염없이 바라본다. 보이는 것은 어둠뿐이지만 다와줘마는 뒤따라오는 버스를 찾으려고 매일 최원석의 옆자리로 온다. 원석과 다와줘마는 말이 통하지 않는다. 다와줘마는 버스를 불결한 화장실 같다고 생각한 적이 없다. 불결한 화장실에 가본 적이 없으니까. 둘 중에 누가 더 불쌍한지를 따지는 일에 무슨 의미가 있을까? 어떤 직업이나 존재에게는 누가 더 불쌍한지를 판단하는 일이 놀이거나 의무일 것이다. 놀고 싶거나 의무를 다하고 싶은 어떤 존재가 이 버스를 만들었는지도 모르겠다. 어떤 존재야, 그만 놀고 어서 잠자리에 들거라. 어떤 존재야, 뭐라도 된 것처럼 의무감에 사로잡혀서, 누가 누가 불쌍하나 쳐다보지 말고, 울거나 웃지 말고, 세수하고, 눈을 감고, 여기 누워라. 이불을 폭 덮어줄게. 잠깐만요. 최원석이 조금 행복해지고 있어요. 다와줘마가 뒤따라오는 친구들을 상상하며, 부끄럽게 미소 짓는 것을 보면서. 그렇구나.

어떤 존재야. 그렇구나…….

PIN

043

취소

김승일

에세이

취소

선악과를 먹지 말라는 신의 부탁은 선과 악을 정의하는 일을 하지 말자는 요청인 것 같다. 뭘 구분하지 말자는 얘기는 아닌 것 같다. 구분이 없다면 구분을 철회할 일도 없겠지. 무언가를 철회할 일이 없다면, 취소할 약속이 없다면, 철회하고 취소하였을 때의 기쁨을 느낄 수 없을 테니까. 아마도 신의 요청은 선을 자처하여 무언가를 악이라고 정의하고, 파괴하려 들지 말아달라는 부탁인 것 같다. 취소와 철회는 파괴와 다르다. 뭔가를 하지 않기로 마음먹는 일은 뭔가를 죽이거나 사라지게 하지 않는다. 언어는 끊임없이 구분하는 일에서 탄생하는 것이지만, 시는 구분을 철회하는 일을 하기 위해서 쓰여진다. 시는 감각을 철회하는 일을 하려고 쓰여진다. 시는 가끔 아무 일도 벌어지지 않게 하려고 쓰여진다. 내 아내가 내게 의미한다. 함께 사는 고양이가 내게 의미한다. 죽은 이후에는 아무 일도 벌어지지 않을 거야. 어쩌면 삶에서도 죽음에서처럼. 아무 일도 벌어지지 않을 거야. 여기 누워. 내 옆에. 내 턱 밑에 손을 괴어. 내가 거기 기대어 죽을게. 죽이지 말고, 사라지게 하지 말고. 취소해. 너의 삶을 취소해. 너의 죽음을 취소해. 이것이 반려다.

안드레이 타르콥스키는 하이쿠와 영화의 유사점에 대해 말했다. 영화를 시적인 매체라고 했다. 시가 시공간을 체험시킨다고 했다. 롱테이크라는 기법을 통해서, 어떤 영화인들은 시간을 필름에 봉인하여 관객에게 전달하는 것을 즐겼다. 누군가는 그 영화인들을 시인이라고 불렀다. 그러나 타르콥스키는 틀렸다. 시는 영화와 달리 시간을 봉인하는 장

르가 아니다. 시는 시간을 설명하고, 시간의 흐름을 묘사할 수 있지만, 시간을 체험시키지는 않는다. 시에 속한 활자 덩어리들은 시간을 상상케 한다. 상상은 상상에 불과하다. 내가 보기에 시에 속한 활자 덩어리들이 언제나 맨 먼저 우리에게 전달하고자 하는 것은 시간을 상상해보라는 요청이 아니라, 너는 결코 시간을 부여잡을 수 없다는 진실이다. 활자는 취소한다. 그것들은 시간을 부여잡지 못하며, 무력감으로 가득 차 있다. 아니다. 시가 무력감으로 가득 찬 것이 아니라, 시를 읽는 사람이 무력감으로 가득 찬 것이다. 롱테이크는 정말로 시간을 감각하게 하는가? 모르겠다. 시간은 원래 체험할 수 없는 것이 아닐까. 그렇다면 시간을 감각할 수 없다는 진실을 전달하는 가장 효율적인 매체가 글인지도 모른다. 진실을 기반으로 영위해야 하는 것이 반려다. 진실은 취소한다. 본질적으로는 활자 덩어리인, 그 누구도, 그 무엇도 제대로 감각할 수 없다고, 당신의 감각은 허구라고, 철회하라고, 취소하라고 시는 침묵으로 떠들고 있다. 시는 무언가를 감각게 하려고 쓰여진다. 시는 감각하려는 의지와 감각하지 않으려는 의지와 감각할 수 없다는 엄연한 사실과 차가운 물과 서늘한 공기의 사랑스러움으로 이뤄졌다.

누가 쓰라고 시키지 않았는데 그냥 쓰고 싶어서 쓴 첫 번째 글. 어쩌면 시였던가. 그건 썩어가는 고양이 시체에 관한 글이었다. 초등학교 하굣길에 아이들이 시체를 둘러싸고 웅성거리고 있었다. 큰 구경이었다. 고양이의 목은 잘려 있었다. 나는 목 잘린 고양이 시체를 숨겨주어야 했는데, 그러지 못했다는 얘기를 공책에 썼다. 시간이 흘러 나는 고등학생이 되었고 안양천 교각에서 차에 치여 죽은 고양이를 발견했다. 어떻게 하지. 어째야 하지. 고양이의 머리에선 뇌수가 흘러나오고 있었다. 내장도 삐져나왔다. 나는 고양이의 발을 움켜잡았다. 그러곤 천변의 우거진 풀숲으로 던졌다. 쿵 하는 소리가 났다. 고양이는 사라지지 않았지만 사라졌다. 시간이 흘러 나는 30대가 되었고, 어쩌다 고양이와 함께 살게 되었다. 이름은 한지다. 숨바꼭질을 좋아하는 한지는 소파 밑에 숨었고, 나는 한지가 소파 밑에 숨었다는 것을 다 알면서, 한지야, 한지야, 어디로 갔니? 부르기 시작했다. 한지는 나오지 않았다. 나는 한지가 사라지지 않았다는 것을 알면서도, 갑자기 한지가 사라졌다고 느꼈다. 한지의 존재가 취소되자 갑자기 공포가 밀려왔다. 공포는 강렬하지 않았다. 울어야만 할 것 같았고 금방이라도 울 준비가 되었다. 그러나 나는 울지 않았다. 시간이 흘렀다는 얘기가 두 번 나오지만, 내가 시간의 흐름을 거쳤던 것도 분명하지만, 활자 덩어리는 결코 시간의 흐름을 제대로 의미하지 않는다. 제대로라는 건 무엇일까. 어쨌든 시간은 흐르지 않는다. 고양이는 취소되지 않았지만 취소되었다. 이것이 반려다.

돌보는 일이 미루고, 경고하고, 약속하고, 교육하고, 취소하는 일의 연속이라면, 내가 시를 돌보고, 시가 나를 돌본다면. 어쩌면 굳이 시를 써야 할 필요가 있을까. 나의 반려가 고양이여야 할 필요가 있을까. 돌을 키우는 사람들이 있지. 돌을 키우면 될 일이다. 돌도 모든 것을 취소하니까. 그래서 사람들이 돌을 수집하고, 시에다가 돌 얘기를 그렇게 많이 쓰는지도. 돌과 함께 살면 얼마나 답답할까. 그러나 내 말을 못 알아처먹는 돌이 나쁜 건 아니다. 세상엔 나쁜 돌도 좋은 돌도 없으니까. 못 알아처먹는 돌이 아니라 못 알아듣게 알려준 자신을 탓하도록 하자. 너무 자기만 탓하면 안 되니까. 그러면 정신 건강에 좋지 않으니까. 가끔은 못 알아처먹는 돌을 탓하기로 하자. 그러다가도 다시 마음을 다잡고, 제대로 알려주지 못한 자기 자신을 탓하기로 하자. 배부르면 그만 먹으라고. 체하면 괴롭다고. 돌에게는 그런 것을 알려줄 필요가 없다. 식물에게도. 그래서 나는 돌이나 식물 대신 동물에 집착한다. 동물과 함께 살면 더 많이 스스로를 탓하게 되니까. 어떤 학술회에서 만난 저명한 시인은 사물에는 원래 의미가 없으며, 모든 존재는 잉여라는 사실을 받아들이지 않으면 그럴듯한 시를 쓸 수 없다고 말했다. 그런데요. 나는 그럴듯한 시를 쓸 생각이 없습니다. 나는 돌을 키울 생각이 없습니다. 나는 하기 힘든 일을 찾아다니는 것을 즐긴다. 내 아내는 내게 의미했다. 어렵게 하지 않아도 돼. 하지만 내 아내는 내게 의미했다. 만약 어려운 일이 좋으면 어려운 일을 해도 돼. 그래서 나는 어려운 일과 어렵지 않은 일을 반복하면서도 죄책감을 느끼지 않게 되었다. 나는 27시간 동안 잔다. 38시간 동안 거의 깨지 않고 잤다. 일주일에 사흘을 내리 잤다. 자면 잘수록 잠에서 깨는 것은 어려운 일이다. 더는 자고 싶지 않은데. 눈을 감고 계속 자려고 하는 건 참 어려운 일이다. 그리고 잠이 오지 않는다. 34시간 동안 잠을 자지 않았다. 잠을 자는 것은 어려운 일이다. 잠을 자지 않는 것은 고통스러운 일이다. 나는 돌을 키우지 않는다. 거짓말이다. 내 자동차 조수석에는 돌멩이가 있다. 내가 계곡에서 주운 돌이다. 내 차에 타는 사람들은 묻는다. 이게 무슨 돌인가요. 제가 주운 돌입니다. 이게 왜 여기에 있나요. 제가 거기 뒀습니다. 왜 가지고 내리지 않나요. 까먹거든요. 거기에 있다는 걸. 나는 돌을 키우는 데 젬병이고. 돌에게 항상 미안하다. 고양이에게도. 아내에게도. 악몽에 취한 나 자신에게도. 악몽으로 가지 못하는 나 자신에게도. 시에게는 미안하지 않다. 나는 더는 시에게 화내지 않는다. 나는 더는 시를 고치지 않는다. 나는 더는 시를 쓸 때 고생하지 않는다. 나는 실로 그렇게 느낀다. 나는 시를 취소하지 않는다. 그러지 않아도 취소되는 것이기에. 이제 나는 시를 쓸때면 울어야만 할 것 같고, 울 준비가 되어 있다. 그러나 나는 절대 울지 않는다.

시는 구분하지 말라는 말은 하지 않는다. 시는 내게 일단 구분하라고, 사랑하는 것과 헤어지는 일을 두려워하지 말 것을 요구한다. 시는 일단 기뻐하라고 한다. 계속 더 기쁘기 위해 노력하라고 한다. 학술회에서 만난 시인은 시는 아무것도 요구하지 않는다고 말한다. 그는 시가 모든 것을 취소하기 위해 존재한다는 사실을 잘 알고 있다. 시를 쓰려고 자리에 앉으면. 내가 제일 먼저 취소하고 싶은 것은 학술회에서 만난 그 시인이다. 내가 오늘 시 속에서 취소하고 싶은 것은 그 시인의 판단이다. 그의 판단은 실상 나의 판단과 다른 것이 아니지만. 시를 쓸 때 나는 나의 판단을 취소한 채로 나아간다. 시론은 시를 쓰는 데 방해가 되는 것이다. 시를 쓰는 데 방해가 되지 않는 시론은 끝나지 않는 시론이다. 나는 어쩌면 나의 시론에 결말을 달지 않으려고 시를 쓰는 것인지도 모른다. 시가 모든 것을 취소한다는 사실을 잊지 않으면. 시가 내가 사랑하는 것을 취소하는 순간 패닉에 빠지지 않을 것이고. 패닉에 빠지지 않는다면. 더는 두렵지 않게 된다면. 두려움은 결코 취소되지 않을 것이다. 일전에 나는 시가 무언가를 취소할 수 있도록, 이미 저번 시에서 그 무언가가 취소되었다는 사실을 망각하는 일을 즐겼다. 그러나 그것은 편법에 불과하다. 편법은 나의 반려가 아니다. 나의 아내는 나의 편법이 아니고, 나의 고양이는 나의 편법이 아니다. 시는 나의 편법이 아니다. 어쩌면 편법일 수도 있을 것이다. 편법인 것과 편법이 아닌 것을 나누는 사고방식은 유연한 게 아닐지도 모른다. 그럼에도. 나는 편법을 거부한다. 나는 어렵게 하고 싶다. 나는 돌을 키우고 싶지 않다. 나는 동물과 함께 살고 싶다. 나는 이미 돌을 키우고 있지만. 나는 아직도 자동차에서 돌을 꺼내지 않았다. 나는 자동차에서 돌을 키우고 있다. 이제 나는 기억할 것이다. 내 자동차에는 돌이 있다. 매일 아침 일어나서, 제일 먼저 자동차에 있는 돌을 생각할 것이다. 그런데 그건 무리일지도 모르겠다. 매일 아침 일어나면 제일 먼저, 한지에게 밥을 줘야 해. 밥을 빨리 먹으면 토해. 밥을 줘야만 해. 빨리 먹지 말라고 말해야 돼. 알아듣지 못하겠지만. 그러면 밥을 소분해서 줘야 돼. 빨리 먹어도 토하지 않게. 하지만 제일 좋은 건 알아서 빨리 먹지 않는 거야. 알려줘야 해. 어떻게든. 말이 통하지 않지만. 말해야 해. 알려줘야 해. 나는 고양이가 토한 밥을 뒤적거리며, 내용물이 무엇인지 확인한다. 토를 치우고 시를 쓰러 카페에 간다. 취소하면 안 될 것 같은 것을 취소하려고. 나는 시를 쓰기 전에 시보다 말초적인 어떤 것들을 떠올릴 것이다. 결코 잊어서는 안 되는 것들을. 시보다 훨씬 더 중요한 것들을. 그리고 시는 그것들을 취소할 것이다. 나는 결코 시의 방식에 익숙해지지 않을 것이다. 시는 중요하지 않다. 시는 내 종교가 아니다. 종교가 아닌 것. 그것이 반려다.

그들과 나는 반려다. 그들은 나의 종교가 아니다. 그들은 나의 과학도 아니다. 나는 종교를 믿지 않는다. 그러나 내가 하는 일은 그들을 위해서 기도를 하는 것이다. 나 자신을 위해서도. 그리고 그 기도를 공개하는 것이다. 더 많은 곳에. 내 기도는 화를 잠재우기 위한 것이다. 내 기도는 웃음을 위한 것이다. 내 기도는 웃음을 취소하기 위한 것이다. 내 기도는 가끔 기도처럼 보이지 않는다. 내 기도는 내가 장난을 쳤기 때문에 시작되기도 한다. 내가 장난을 쳐서 어떤 사람이 화를 냈기 때문에. 내 기도가 너무 장난이었기 때문에. 내가 장난이 무언가를 취소할 수 있다고 믿고 있기 때문에. 내 기도는 누군가의 화를 샀다. 나는 그의 화가 풀어지기를 기도한다. 나는 그들과 그렇게 살아간다. 나는 많이 맞고 자랐다. 아무리 맞아도 나는 까부는 것을 멈출 수 없었다. 훌륭한 어른인 나는. 이전보다는 까불지 않고, 남을 피곤하게 하지 않지만. 그럼에도 까불긴 까분다. 화를 산다. 김승일 앞으로 나와. 선생이 매를 들고 기다리는 교탁 앞으로 걸어가면서. 나는 기도한다. 그가 나를 때리지 않기를. 맞으면서 나는 기도한다. 이 사람이 나를 미워하지 않기를. 시간이 흘러 훌륭한 어른인 나는. 기도한다. 나를 때렸던 그 사람들은 이제 늙은이가 되었거나 죽었을 것이다. 그 사람이 죽기 전에 나를 용서하기를. 그 사람이 죽은 다음에 혹시 어디로 갔다면. 거기서라도 나를 용서하기를. 나를 까불기만 하는 골칫덩이로 생각하지 않기를. 나는 기도한다. 그가 다시는 누굴 때리지 않기를. 죽이지 않기를. 기도하지 않게 하기를. 그리고 그런 일은 일어나지 않는다. 우리는 돌하고도 살지만 동물들과도 살고. 동물들은 누군가의 마음에 들지 않는다. 어쩌면 자기 자신의 존재가 그토록 마음에 들지 않아서. 때리고 죽여야만 하는 것이다. 기도는 아무것도 바꾸지 않는다. 하지만 공개된 기도는 바꿀 수 있다. 공개된 기도는 취소할 수 있다. 누군가를 죽이려는 마음을. 그래서 누군가는 종교를 만들었을 것이다. 더 많은 사람들이 기도할 수 있도록. 취소할 수 있도록. 나를 미워하지 마세요. 나를 때리지 마세요. 선생님. 시를 쓰세요. 남들 시를 보는 걸로 만족한다고. 만족을 하신다고 그러셨지만. 믿을 수가 없어요. 못 믿겠어요. 누가 선생님을 미워하잖아요. 괜찮은 척하지 마세요. 시를 쓰세요. 기도하세요. 거기서요. 그 벽에 당신이 쓴 시를 붙이세요. 누군가 보고 노여움을 풀도록. 이 시간이 끝나게 해주세요. 취소하게 해주세요. 부탁입니다. 부탁입니다. 부탁입니다.

항상 조금 추운 극장

지은이 김승일
펴낸이 김영정

초판 1쇄 펴낸날 2022년 11월 25일
초판 3쇄 펴낸날 2023년 6월 13일

펴낸곳 (주)현대문학
등록번호 제1-452호
주소 06532 서울시 서초구 신반포로 321(잠원동, 미래엔)
전화 02-2017-0280
팩스 02-516-5433
홈페이지 www.hdmh.co.kr

ⓒ 2022, 김승일

ISBN 979-11-6790-139-2 04810
      979-11-6790-138-5 (세트)

* 책값은 뒤표지에 있습니다.
* 이 책은 서울특별시, 서울문화재단 '2022년 창작집 발간 지원사업'의
  지원을 받아 발간되었습니다.